Cuidado frágil

Otras obras del autor en español

Comedias para 2
El Joker
El Último Cartucho
EuroStar
Zona de Turbulencias

Comedias para 3
13 y Martes
Plagio
Por Debajo de la Mesa
Un pequeño asesinato sin consecuencias

Comedias para 4
Amores a Ciegas
Cuarentena
Cuatro Estrellas
Foto de Familia
Sin flores ni coronas
Strip Poker
Un Ataúd para Dos

Comedias para 5 o 6
Crisis y Castigo
Pronóstico Reservado

Comedias para 7 a 10
Bar Manolo
El pueblo más cutre de España
Milagro en el Convento de Santa María-Juana

Comedias de sainetes (sketches)
Breves del Tiempo Perdido
Ella y El, Monólogo Interactivo
Muertos de la Risa

JEAN-PIERRE MARTINEZ

Cuidado frágil

La Comédi@thèque
comediatheque.com

PERSONAJES

Fred
Natacha
Sam

ISBN 978-2-37705-531-9

Escena 1

Salón de un modesto apartamento de dos habitaciones. Al fondo un sofá. Delante, una mesita de café. En el lateral algunas cajas. El timbre suena. Fred entra en bata de baño.

Fred – Sí, sí, ya voy... (*Atraviesa el espacio para ir a abrir y regresa seguido por Sam.)* Hola, Sam. Perdona que te reciba en bata, no he tenido tiempo de vestirme...

Sam – ¡Hola Fred! Lamento aparecer de pronto. Estaba de paso por el barrio...

Fred – No, no, has hecho bien. Ha pasado tiempo desde la última vez que nos vimos, ¿verdad?

Sam – Desde tu última mudanza...

Fred – Eso es... ¿Quieres un café o...?

Sam – Estoy bien, gracias... Solo tengo cinco minutos...

Fred – ¿Cómo estás?

Sam – Mira, muy bien. Estoy entregado a fondo en el casting de mi nueva pieza. Pero creo que ya está, encontré a la actriz que quería. Verás, es super buena...

Fred – ¿Buena...? Quieres decir...

Sam – ¡Buena actriz! Es cierto que tampoco está mal, pero bueno...

Fred – Eso me hubiera sorprendido...

Sam – ¡En la obra, ella debe seducir a un chico que ha hecho un voto de castidad! Para que sea creíble... tiene que ser irresistible, obviamente.

Fred – Y el chico al que tiene que seducir eres tú, supongo.

Sam – Escribí una obra de teatro, soy comediante, no voy a dejar el papel principal a cualquiera...

Fred – ¿Cómo se llama la obra?

Sam – ¡Cuidado frágil! Por cierto, ¿puedo contar contigo para el cartel?

Fred – Por supuesto... ¿Y... gratis, como siempre?

Sam – De lo contrario, ¿de qué serviría tener un compañero diseñador gráfico? *(Saca un sobre del bolsillo y se lo entrega a Sam.)* Toma, te traje un pequeño dossier... Por el momento, no hay resumen de la obra, porque aún no he escrito el final...

Fred – Para el póster, mejor tendrías que contarme un poco de qué trata. *(Deja el sobre en la mesita de café.)* Pero cuando dices un tipo que hizo voto de castidad, ¿te refieres a un sacerdote?

Sam – No exactamente, ya te lo explicaré... ¿Y a ti cómo te va?

Fred – Escucha... Limpio.

Sam – ¿Limpio?

Fred – Me estaba bañando, precisamente...

Sam – Vamos, puedes decirme cualquier cosa, ya sabes... Soy tu mejor amigo, ¿verdad?

Fred – Sí...

Sam – Sigues pensando en Cristina, es eso...

Fred – Tres meses viviendo juntos no se olvidan así como así.

Sam – En cierto modo, afortunadamente nunca lograste conservar a nadie durante más de tres meses. Sería aún más duro...

Fred – Gracias por tu apoyo, me levanta la moral...

Sam – Escucha, Fred, tienes que encargarte un poco de ti mismo. ¡No vuelvas a mudarte cada vez que te dejen! Ya no puedo seguir el ritmo. ¡Esta es la cuarta vez que te mudas este año!

Fred – Estás exagerando... Solo ha pasado tres veces...

Sam – Sí... pero solo estamos a 1 de octubre.

Fred – ¿Qué quieres que haga? Aquí todo me recuerda a Cristina. Todavía puedo ver sus bragas secándose en el balcón... Puedo olerla por todas partes...

Sam – ¿Olerla? ¿Cuánto tiempo ha pasado desde que se fue?

Fred – Tres semanas...

Sam – Bueno... Ella debe haber tenido un olor bastante persistente... *(Oliendo el aire)* No puedo oler nada, yo...

Fred – No, pero me refiero a su olor... Su perfume, si lo prefieres...

Sam – Pues no sé... Usas para todo lejía.

Fred – Lejía... Yo no soy como tú, soy un romántico...

Sam – Si ser romántico significa que te dejen cuatro veces al año, prefiero ser como soy, mira...

Fred – Un mujeriego, entonces.

Sam – ¿Quieres un consejo para evitar que te abandonen cada tres meses?

Fred – No.

Sam – Las dejas después de un mes.

Fred – Gracias, creo que eso me ayudará mucho... Pero tomé otra decisión para intentar mantener mi próximo apartamento un poco más que otras veces.

Sam – ¿Ah, sí? ¿Qué?

Fred – Ninguna chica más dormirá en mi casa hasta fin de año, lo juro.

Sam – ¿Estás bromeando?

Fred – No.

Sam – No durarás tres meses. ¡No puedes soportar vivir solo durante más de una semana!

Fred – ¿Quieres apostar?

Sam – Está bien. ¿Cuánto?

Fred – Tres meses de alquiler. Digamos 3000 euros.

Sam – Si una chica pasa siquiera una noche contigo antes de fin de año, ¿me darás 3000 euros?

Fred – Y si gano la apuesta, tú me los das.

Sam – Está bien. Esto funciona.

Fred – ¿Estás seguro?

Sam – Por supuesto. Menos mal, necesito el dinero, ahora mismo.

Fred – Cuidado... Estoy super motivado. El nuevo apartamento que encontré es absolutamente genial. Al mismo precio que este, más grande y mucho mejor situado. Tengo la intención de conservarlo por un tiempo. Por cierto, ¿puedo contar contigo para mi mudanza? Es el próximo domingo.

Sam – ¿Tu mudanza? Sí, sí, seguro que puedes contar conmigo...

Fred – Si no, ¿de qué le serviría a uno tener un compañero un poco cachas que también sepa conducir un vehículo utilitario?

Sam – Joder, Fred... ¡Tres mudanzas este año! Esa es la razón por la que sugerí lejía, ya ves. Para deshacerte del olor de tus ex...

Fred – No te preocupes... Esta vez tomé una buena determinación, y me ceñiré a ella...

Sam – ¡No te vas a meterte a monje, de todos modos!

Fred – Si conozco a una chica, siempre podemos ir a un hotel.

Sam – Tú, el romántico, ¿vas a tener sexo con chicas en hoteles?

Fred – OK, entonces aclararé mi apuesta. Ninguna chica dormirá en mi nuevo apartamento hasta fin de año... a menos que sea la buena y me case con ella.

Sam – No durarás tres semanas, te lo digo... *(Mira su reloj.)* Vale, tengo que irme, tengo una cita... con mi actriz, exactamente.

Fred – Estás haciendo un trabajo duro, de todos modos... Vamos, nos vemos el domingo.

Sam – OK... Nos vemos el domingo...

Sam sale.

Negro.

Escena 2

Salón de otro piso de dos habitaciones similar al anterior. Básicamente el mismo sofá. Delante, la misma mesa de centro. En un lado una caja de cartón lo suficientemente grande como para contener un refrigerador, y con los rótulos arriba, abajo, atención frágil, manipular con cuidado. Al otro lado un árbol decorado, con unos paquetes de regalo a sus pies. El timbre suena. Fred entra, vestido. Cruza la habitación para abrir la puerta y regresa seguido por Sam.

Fred – Hola amigo.

Sam – ¿Sigues en las cajas? Han pasado tres meses desde que te mudaste aquí...

Fred – Ah, no... Esta es mi nueva nevera. Acaban de entregármela...

Sam – Está bien...

Fred – La otra no pudo resistir mi último mudanza, ¿no te acuerdas? La dejaste caer por las escaleras cuando llegaste aquí...

Sam – Si no estás satisfecho con mi servicio, solo tienes que llamar a un profesional.

Fred – La encontramos dos pisos más abajo, pero le faltaba la puerta.

Sam – Por supuesto, una nevera, sin puerta, es mucho menos práctica.

Fred – El verano sigue apretando... Cuando no tienes aire acondicionado. Pero luego el invierno...

Sam – Debe ser muy malo por la noche. Con la luz que permanece encendida permanentemente.

Fred – Sí... Por eso me trajeron una nueva.

Sam – Y si no, tú, ¿estás bien?

Fred – Bien...

Sam – ¿No te estoy molestando al menos, no? ¿Estás solo ?

Fred – Sí, sí, no te preocupes, todavía estoy solo.

Sam – Bueno...

Fred – Vienes a averiguar si prefiero cheque o efectivo, ¿es eso?

Sam – ¡Oye! ¡Estamos solo a 24 de diciembre! Aún queda una semana... Y dijimos que la noche del 31 también contaba, ¿eh?

Fred – No hay problema.

Sam – Desde que nos conocemos, cada Nochevieja, traes a casa a una chica borracha y ella se queda por el morro durante un par de semanas antes de dejarte, ¿recuerdas?

Fred – Me he abstenido durante casi tres meses, puedo aguantar bien una semana más.

Sam – Abstinencia, eso es... Promesas alcohólicas, sí...

Fred – Hablaremos de eso el 1 de enero, ¿de acuerdo? Y tú? ¿Cómo te va con tu nueva pieza?

Sam – ¡Genial! Por cierto, gracias por el cartel.

Fred – Si me hubieras dicho de qué se trataba, en lugar de solo darme el título...

Sam – Es un thriller, no quería revelarte la trama.

Fred – Como tú quieras.

Sam – Bueno, de todos modos, no te lo voy a decir ahora. Se estrenará el 31 de diciembre. Luego hago una gran fiesta en mi casa con todo el equipo de la obra. Habrá muchas chicas...

Fred – Eso es, te veo venir...

Sam – ¿Qué?

Fred – ¡Es una trampa! Me haces beber, luego me pones en brazos a una de tus amigas actrices, ella me lleva a casa borracho, ¡y ganas la partida!

Sam – Francamente, Fred, estoy ofendido... ¿De verdad crees que puedo planear algo semejante cuando eres mi mejor amigo? ¿Solo para ganar 3000 euros?

Fred – Para ganarlos, no sé... Para no perderlos, seguro...

Sam – ¡Vamos! No vas a pasar la Nochevieja solo por una estúpida apuesta…

Fred – De ninguna manera. Una apuesta es una apuesta. Este año, me quedo enclaustrado en casa. Y no saldré hasta el 1 de enero al mediodía.

Sam – ¡Pero estás completamente loco! Te ha vuelto obsesivo esta historia.

Fred – 3000 euros, recuerda.

Sam – Está bien... Y para esta noche de Navidad, ¿qué piensas hacer?

Fred – Mis padres no están aquí de todos modos. Hicieron un viaje a los Trópicos para celebrar su aniversario de bodas. Comeré un pavo solo en casa.

Sam – ¿Un pavo?

Fred – Tengo debajo del árbol algunos paquetes que me regalé a mi mismo. Los abriré mañana por la mañana... No puedo esperar para saber qué hay allí. Con los 3000 euros que pronto me darás, qué crees, me daré un caprichito...

Sam – No, sabes que estás gravemente enfermo, tú...

Fred se gira hacia la enorme caja.

Fred – Hablando de paquetes, tengo que desempaquetar mi nuevo frigorífico.

Sam – Bueno, te dejo, así que...

Fred – Por cierto, gracias.

Sam – ¿Qué?

Fred – Me echaste un cable con el chollo del frigorífico, ¿cierto, no? Es barato... Y me lo entregaron en 48 horas, como prometía el anuncio.

Sam – Está bien... Me voy, ya llego tarde... Tengo un ensayo... Así que... Felices fiestas, viejo... Cuerpo a cuerpo con tu nueva nevera.

Fred – Eso es todo, felices fiestas para ti también... No exageres...

Sam – Hasta luego, Fred...

Fred – Ven a tomar una copa en casa el 1 de enero... y no olvides tu chequera.

Sam sale. Fred mira la caja enorme.

Fred – ¿Qué diablos hice con mis tijeras...?

Sale y vuelve con unas tijeras. Silbando, comienza a cortar la cinta que cierra la parte superior de la caja. Antes de abrir los laterales, se vuelve para dejar las tijeras sobre la mesita de café. Vuelve a mirar la caja cuando de ella emerge un busto de mujer, como un demonio de dentro de la caja. Fred da un grito de sorpresa y cae de espaldas en el sofá.

Fred – ¡¡¡Aaahhh !!!

La joven da un llanto similar cuando lo ve y lo escucha gritar.

Natacha – ¡¡¡Aaahhh !!!

Fred – ¿Pero qué es...?

La joven sale de la caja por completo. Es bonita y parece tan asustada como él.

Natacha *(con acento ruso)* – ¡Dios mío! Donde estoy ?

Fred – ¿Dónde?

Natacha – ¿Y tú quién eres?

Fred – En cualquier caso... ¡estás en mi casa! ¡Debería ser yo el que te preguntara a ti quién eres !

Natacha – Lo siento... Mi nombre es Natacha.

Fred – ¿Natacha?

Natacha – Natacha. ¿Y tú?

Ella le tiende la mano con una sonrisa cautivadora, él vacila y la agarra para apretarla.

Fred – Fred …

Natacha – Siento mucho haber venido a verte así, pero...

Fred – ¡Pero estás loca! ¡Casi me da un ataque al corazón!

Natacha echa un vistazo a su alrededor.

Natacha – Estamos en España, ¿no?

Fred – En España, sí... ¡Pero qué haces en esta caja! Y sobre todo... ¿qué haces en mi casa?

Natacha – Escucha...

Fred – Querías robarme, es eso... *(Toma su móvil)* Voy a llamar a la policía, te lo advierto...

Natacha – ¡Por favor, no hagas eso! Te lo explicaré todo...

Vacila y guarda su teléfono.

Fred – No me vas a explicar nada, no quiero saberlo. Está bien, no voy a llamar a la policía, pero te vas a largar de mi casa, ¡y ahora mismo!

Natacha – Tak, tak...

Fred – ¿Tac, tac?

Natacha – ¡Tak! Significa sí, en bielorruso. Muy bien, me voy...

Ella finge alejarse hacia la puerta.

Fred – ¡Oye! Espera un minuto... ¿Pero dónde está mi nevera?

Natacha – ¿Tu nevera?

Fred – ¡Mi nevera! ¡Lo que se suponía que debía encontrar en esta caja! ¿Qué diablos hiciste con mi nevera? ¡No saldrás de aquí hasta que me la devuelvas!

Natacha – Tu nevera... se quedó en Bielorrusia.

Fred – ¿Perdón? Dónde ?

Natacha – ¡En Bielorrusia! Por favor déjame explicarte...

Fred se deja caer en el sofá.

Fred – Te escucho...

Natacha – Mi nombre es Natacha. Soy bielorrusa y huí de mi país escondida en esta caja, que debe haber contenido tu refrigerador.

Fred – ¿En Bielorrusia? ¿Y qué diablos estaba haciendo en Bielorrusia, mi nevera?

Natacha – ¡Ahí es donde se hacen! Tengo un amigo que trabaja en la fábrica. Me escondió en esta caja, ¡y aquí estoy!

Fred – ¿Y mi frigorífico?

Natacha – Se quedó allí. En Minsk.

Fred – ¿En Minsk?

Natacha – ¡Minsk! ¡La capital de Bielorrusia!

Fred – En Minsk... Esto es una locura... ¿Y quién me va a reembolsar mi frigorífico? ¿Tú?

Natacha – Cuando me vaya... Todo lo que tienes que hacer es presentar una denuncia. Seguro que te mandarán otro...

Fred – ¿E hiciste todo este viaje desde Rusia, escondida en esta caja?

Natacha – Rusia, no. ¡Bielorrusia!

Fred – Sí, bueno, Bielorrusia es lo mismo, no...

Natacha – ¡Para nada! ¡No es lo mismo en absoluto!

Fred – ¿E imaginas que me voy a creer una historia así?

Natacha – ¡Pero es la verdad, lo juro!

Fred – ¿Cómo vino esta caja? ¿En barco ?

Natacha – En barco, no. ¡No hay mar en Bielorrusia!

Fred – ¿De verdad? ¿No hay mar? Seguramente por eso nadie se va de vacaciones allí... Entonces, ¿cómo llegó este frigorífico aquí? Quiero decir, ¿tú, en esta caja?

Natacha – ¡En un camión!

Fred – ¿En un camión?

Natacha – ¡48 horas, tarifa plana! Como en la publicidad...

Fred – ¿Y por qué no viniste a España en avión, como todos los demás, con visado?

Natacha – Bielorrusia es una dictadura. No puedes salir del país tan fácilmente. Y España no da visados.

Fred – En ese caso, no sé, yo... ¡Tenías que haberte quedado allí, en Bielorrusia!

Natacha – ¡Imposible! Me busca la policía...

Fred – ¿No me digas que mataste a alguien...?

Natacha – La policía secreta me cataloga como oponente del régimen. Tuve que irme. Inmediatamente. O me hubieran metido en la cárcel. Peor, tal vez...

Fred – Mira, no sé qué decirte... Pero de todos modos, estás en España ilegalmente. No puedes quedarte aquí.

Natacha – Podrías esconderme... al menos por unos días.

Fred – ¿Esconderte? ¡Pero es imposible! ¡Ayudar a un extranjero en situación irregular a permanecer en España! ¡Soy yo el que terminará en la cárcel!

Natacha – Te lo ruego... Si me envían de regreso a mi país, me matarán.

Fred – ¡En ese caso, tenemos que avisar a la policía! Ellos te dirán qué hacer. Si eres una refugiada política, solicitarás asilo en nuestro país y te entregarán los papeles.

Natacha – Lo que van a hacer es ponerme en el primer avión y enviarme de regreso a Bielorrusia. Y allí, no habrá juicio...

Fred – Entiendo, pero... ¿Qué puedo hacer al respecto?

Natacha – ¡Una noche! ¡Sólo una noche! Mañana me voy. Y nadie sabrá jamás que pasé una noche contigo.

Fred – ¿Conmigo?

Natacha – Me refiero a tu casa... *(Fred parece dudar.)* ¿Entonces... es sí?

Fred – No sé... Prometí...

Natacha – Tienes prometida, ¿es eso?

Fred – ¡No! No, exactamente, yo... Está bien, está bien. Una noche, pero no más.

Ella salta a su cuello y lo besa en la boca.

Natacha – ¡Gracias, gracias!

Fred – OK, pero... no tienes que besarme en la boca, ¿sabes?

Natacha – ¡Así nos besamos en Bielorrusia!

Fred – Como en Rusia, entonces... *(Fred se vuelve hacia la caja.)* Pero bueno... ¿Cómo sobreviviste dos días encerrada en esta caja? De Moscú...

Natacha – ¡Minsk!

Fred – Sí, bueno... ¡No eres un frigorífico!

Natacha – Mira, dice "¡Cuidado frágil!" ","Manejar con cuidado"...

Fred – ¿Sin comer y sin beber?

Natacha – Llevaba un poco de agua, pero es verdad. No he comido en 48 horas...

Fred – Te diría que iría a ver qué hay en la nevera, pero...

Natacha – Lo siento mucho...

Fred – Estoy solo... No tenía nada especial planeado para Nochebuena. Estaba pensando en que me trajeran algo, pero no sé... ¿Qué come una bielorrusa? ¿Te gusta el sushi?

Natacha – ¿Sushi? ¿Qué es?

Fred – ¡Sushi! Pescado crudo.

Natacha – ¿Es que coméis aquí el pescado crudo?

Él le lanza una mirada inquisitiva.

Fred – Sí, incluso la carne, a veces.

Ella parece algo asustada.

Negro.

Escena 3

Fred y Natacha están sentados frente a la mesita de café. Ella ha dejado su chaqueta en el respaldo de la silla. Están terminando los tacos que le trajeron a Fred.

Fred – Entonces, ¿te gustan los tacos?

Natacha – Pensé que era sushi.

Fred – Ah si... No, pero para el sushi, no hubo respuesta... Deben estar cerrados por vacaciones. ¿Además de mí, quién podría querer que le enviaran sushi en Nochebuena? Con una bielorrusa salida de una caja de nevera...

Natacha – ¿Y realmente coméis carne cruda en este país?

Fred – Sí, pero por extraño que parezca, este año no he podido conseguir carne cruda en casa para Navidad. Bueno... excepto tú.

Natacha – Los tacos están muy buenos... Muchas gracias, de verdad. *(Se pone de pie y vuelve a besarlo en la boca.)* Eres un amor...

Obviamente está confundido.

Fred – No tengo vodka, pero... ¿quieres probar un tequila?

Llena su vaso.

Natacha – ¿Otra especialidad española?

Levanta su copa para brindar.

Fred – ¡Vamos, feliz Navidad!

Antes de que puedan beber, suena el timbre.

Natacha – ¿Estás esperando a alguien?

Fred – No... Debe ser Sam... *(Con un poco de pánico)* Voy a pedirte que me esperes un momento en la habitación de al lado...

Ella siempre tiene su vaso de tequila en la mano. Él la empuja hacia el dormitorio y va a abrir. Vuelve con Sam.

Fred *(inquieto)* – Hola Sam, ¿cómo estás?

Sam – Bien, ¿y tú? Pareces preocupado.

Fred – ¿Yo? No, qué va.

Sam – Mira, volví a pensar en eso de las apuestas, es ridículo. No vas a pasar la Nochebuena solo en casa comiendo sushi...

Fred – Son tacos.

Sam – Lo que quiero decirte es... que si quieres pasar la Nochevieja conmigo en la casa de mis padres. Desde que nos conocemos, has sido casi parte de la familia...

Fred – Sí, eso suena muy dulce, pero... no, te lo aseguro.

Sam – No, pero no te preocupes, no vas a poder traer a una chica a casa. Mi hermana está casada, tiene tres hijos. La única mujer libre de la familia es mi abuela, que perdió a su marido hace tres años...

Fred – Sí, es tentador, pero...

Sam le da la espalda. Se puede escuchar a Natacha tosiendo cerca.

Sam – No estás solo, ¿verdad?

Fred – ¡Sí...! Sí, por supuesto...

Sam – Escuché una tos...

Fred – Ah, no, es... *(Tose de manera forzada.)* Soy yo... Es el tequila, ya no estoy acostumbrado. Es muy fuerte esto... Lo quieres?

Sam *(suspicaz)* – No, gracias, tengo que conducir...

Fred – De acuerdo...

Sam – Me lo dirías, si no estuvieras solo. Una apuesta es una apuesta...

Fred – Por supuesto...

Sam – En ese caso, ¡vente con nosotros!

Fred – No, de verdad, sería genial, pero... necesito hacer un punto y aparte...

Sam – Está bien, está bien... Si cambias de opinión, ¿me llamarás...?

Fred – Eso es... Venga, Feliz Navidad... Dale un beso a tu abuela por mí...

Sam sale. Fred va a buscar a Natacha en el dormitorio.

Natacha – El tequila es fuerte. ¡Incluso más fuerte que el vodka!

Fred – Sí...

Natacha – ¿Era tu novio? ¿Está celoso?

Fred – ¿Mi novio?

Natacha – La homosexualidad está prohibida en Bielorrusia. Metemos a los homosexuales en la cárcel. Y en la calle... les pegan.

Fred – ¡No, pero yo no soy nada homosexual, no vayas a pensar!

Natacha – ¿Puedes decírmelo, sabes? Yo no tengo nada contra los homosexuales...

Fred – Mira, todo lo que te pido es que no le digas a nadie que dormiste conmigo. Quiero decir... en mi casa. Tardaría mucho en explicarlo, pero es muy importante para mí.

Natacha – Está bien... no quisiera que te metieras en problemas con tu novio por mi culpa...

Fred – Vale, creo que es hora de irse a la cama.

Natacha – ¿A la cama?

Fred – Sí... Y como camas, yo solo tengo una, tú ocuparás el dormitorio y yo dormiré en el sofá.

Natacha – ¡De ninguna manera! ¡No quiero quitarte la cama!

Fred – Llevas dos días durmiendo en una caja...

Natacha – Yo me quedo con el sofá, siempre será más cómodo que dormir en posición vertical en una caja, te lo aseguro...

Fred – Está bien... Entonces... buenas noches.

Natacha – Buenas noches...

Fred sale. Natacha espera un momento y saca su celular. Ahora habla sin acento.

Natacha – ¿Sam? Está bien, voy a pasar la noche en su casa...

Sam – ¡Genial! ¡Así que gané mi apuesta!

Natacha – Sí, pero no te olvides de nuestro pequeño trato. Quiero la mitad: 1500 euros.

Sam – Lo tendrás, te lo prometo.

Natacha – Anda que lo que me obligas a hacer...

Sam – Te elegí para protagonizar mi obra, sabía que eras una buena actriz y que encajarías perfectamente en tu papel.

Natacha – Sí, pero me siento un poco culpable. Es agradable, tu amigo... Un poco ingenuo, pero... es un buen chico.

Sam – ¡No me digas que te estás enamorando de él!

Natacha – Qué va, para nada...

Fred regresa, toalla en mano, y escucha la última palabra de la conversación. Ella rápidamente guarda su teléfono celular.

Fred – ¿Tienes un teléfono celular?

Natacha *(sin acento)* – ¡Por supuesto! Ya sabes, en Bielorrusia no tenemos sushi ni tacos, pero tenemos neveras y celulares...

Fred – ¿Y ya no tienes acento ruso?

Obviamente, Natacha está desconcertada.

Natacha – ¿Acento ruso?

Fred – Antes hablabas con acento ruso.

Natacha intenta recuperar su acento.

Natasha – ¿Quieres decir... el acento bielorruso?

Fred – Un acento... Y hace un rato, en el teléfono, estabas hablando sin acento.

Natacha – Mira, tengo el acento... solo cuando estoy muy nerviosa.

Fred – Entonces ahora estás un poco nerviosa otra vez...

Natacha – Sí... tal vez me estás poniendo nerviosa...

Fred – Por cierto... ¿dónde aprendiste a hablar tan bien nuestro idioma? Con o sin acento...

Natacha – Pues... lo aprendí en la escuela, en Minsk.

Fred – ¿Y nunca habías estado en España antes?

Natacha – Nunca.

Fred – Bueno, pues... Yo hice siete años de alemán en la escuela secundaria, fui media docena de veces a Alemania, y ni siquiera sabría pedir un chucrut en un restaurante de Munich durante la Fiesta de la Cerveza...

Natacha – Soy muy buena en idiomas.

Fred – Ya veo... Y así, sin querer ser indiscreto, ¿con quién te habías conectado?

Natacha – Con mi amigo, que se quedó en Bielorrusia.

Fred – Pero cuando dices tu amigo, te refieres a...

Natacha – El que me empaquetó.

Fred – ¿Empaquetar?

Natacha – ¡En esta caja! En lugar de tu nevera... Quería saber si todo estaba bien. Si había llegado bien... Si había tenido un buen viaje...

Fred – Muy bien, pero... ¿para qué hablas con él en español?

Natacha – ¿Para qué...?

Fred – Si él es bielorruso, como tú...

Natacha – Pues... para que la policía secreta no nos entienda. Por eso. Por si acaso nos estarían escuchando, ¿entiendes?

Fred – Por supuesto...*(Se sonríen, y se nota que se sienten un poco atraídos, pero él se resiste.)* Es curioso...

Natacha – ¿Qué?

Fred – Me da la impresión de que te he visto en alguna parte antes.

Natacha – ¿Ah sí...? Quizás en una revista. En Bielorrusia soy modelo... hago fotografías para revistas.

Fred – ¿Qué tipo de revistas?

Natacha *(como insinuando algo)* – Pues... tal vez el tipo de revistas que tú lees a veces... a escondidas.

Fred – ¿Pero me dijiste que estabas en política?

Natacha – Puedes ser modelo y estar en política.

Ligero pudor.

Fred – Vine a traerte una toalla... y un cepillo de dientes.

Natacha – Gracias...

Fred – Está bien, entonces... buenas noches.

Natacha – Buenas noches.

Fred sale. Ella toma su teléfono celular y devuelve la llamada a Sam.

Natacha *(en voz baja)* – Bueno, has ganado tu apuesta, ya es suficiente. Mañana por la mañana me marcho.

Sam – ¡Espera! No tan rápido... Ahora tenemos que terminar la faena.

Natacha – ¿Terminar la faena? ¡Estás bromeando! Se suponía que debía pasar la noche con él, nunca hablamos de nada más. No, pero ¿por quién me tomas?

Sam – ¿No te gusta?

Natacha – ¡Esa no es la cuestión! ¡Soy actriz, no soy puta!

Sam – De pronto, grandes palabras...

Natacha – Dormir con un chico por 1500 euros, ¿cómo llamas a eso?

Sam – Pues... yo llamo a eso... una puta de lujo, ¿no?

Natacha – ¡Vete a la mierda!

Sam – ¡De todos modos, necesito pruebas!

Natacha – Vale, mañana en el desayuno, me tomo una selfie con él, te la envío, rompo y basta!

Sam – Está bien, está bien... Pero, si te gusta mi amigo, no tengas reparos.

Natacha – Eso es todo... ¡Feliz Navidad a ti también! *(Guarda su celular y se queda pensativa un momento.)* Es cierto que está bastante bueno, pero oye... *(Volviéndose, para sí)* ¡No, no hay manera!

Negro.

Escena 4

Fred pone una bandeja de desayuno en la mesa de café. Natacha entra del baño, envuelta en la bata que vimos al principio en Fred. Fred está un poco sorprendido.

Natacha – Tomé prestada tu bata de baño.

Fred – Oh sí, lo veo…

Natacha – Puedo quitármela, si quieres.

Fred – ¿Quitártela...? Oh...

Natacha – No, quiero decir... puedo ir a vestirme enseguida. Devolverte tu albornoz.

Fred – No, no, por favor... Quédate con él...

Natacha – Gracias por la toalla... y por el cepillo de dientes.

Fred – ¿El agua no estaba demasiado caliente?

Natacha – No, ¿por qué?

Fred – No lo sé... En Bielorrusia, imagino que no tienes agua caliente todos los días.

Natacha – Es cierto que en nuestro país... el agua está bastante tibia. ¡Y eso cuando tienes la suerte de tener agua del grifo!

Fred – ¡Viene el desayuno!

Natacha – ¡Muchas gracias! Es magnífico...

Empiezan a desayunar.

Fred – Imagino que hubieras preferido pasar la Navidad con tu familia...

Natacha – Desafortunadamente, no tuve otra opción... *(Mira los paquetes al pie del árbol.)* Veo que Papá Noel te trajo algunos paquetes...

Fred – Ayer esperaba especialmente uno grande con mi refrigerador dentro, pero oye...

Natacha – Lo siento... De verdad lo siento.

Fred – Al final, tal vez no salí perdiendo...

Parece un poco confundida.

Natacha – ¿No los abres?

Fred – Hay uno para ti.

Natacha – ¿Para mí?

Fred – El rojo.

Natacha – ¿Qué es?

Fred – Ábrelo...

Natacha abre el paquete y saca un libro.

Natacha – ¿El código de circulación?

Fred – Lo siento, no tuve la oportunidad de salir. Eso es todo lo que tenía a mano.

Natacha – Gracias, es muy lindo...

Fred – Si algún día quieres sacar tu carnet de conducir en España... Es un poco antiguo, pero el Código de Circulación... No debería haber cambiado mucho.

Natacha – Lo guardaré como un tesoro...

Fred – ¿Tenéis las mismas señales que nosotros en Bielorrusia, o...?

Natacha – Yo... no sé, no tengo carnet de conducir.

Fred – ¿Pero tenéis señales, de todos modos?

Natacha – Sí, seguro... Bueno, ya no te molestaré más. Terminaré de prepararme y... luego me iré.

Fred – ¡Al menos termina tu café!

Ella termina su café.

Natacha – Tengo un último favor que pedirte...

Fred – Te estoy escuchando.

Natacha – Me gustaría hacer una foto. Como recuerdo...

Fred – ¿Una foto?

Natacha – ¡Con mi teléfono! ¡Una selfie! Tú y yo...

Fred – Está bien.

Ella toma su teléfono y lo extiende con el brazo extendido para tomar la selfie. Ambos miran la lente.

Natacha – Ahora mírame. *(Le da un beso en la boca y saca otra foto.)* Muchas gracias... *(Él está confundido, pero vuelve en sí.)* Me vestiré...

Ella está a punto de salir.

Fred – "Me quedaré a dormir en tu casa", ¿conoces ese programa?

Natacha – No...

Fred – Es un chico que camina solo por todos los países del mundo. En cada lugar, hace la apuesta de irse a dormir con un extraño.

Natacha – ¿Una apuesta?

Fred – Y se está filmando a sí mismo para demostrar que gana la apuesta... Cuando tomaste esa selfie, me recordó a eso...

Natacha – Vaya...

Fred – ¿No será todo esto para un programa como ese, verdad?

Natacha – ¿Un programa?

Fred – ¿Para una versión bielorrusa de "Me quedaré a dormir en tu casa"? Me dijiste que eras modelo, también podrías trabajar para la televisión...

Natacha – No, no es para un programa de televisión. *(Se le ve más seria.)* Por cierto... no te lo dije ayer para no preocuparte, pero mi amiga me advirtió que...

Fred – ¿Qué?

Natacha – La policía secreta bielorrusa... Descubrieron cómo salí del país, escondida en este paquete de nevera. Encontraron la orden de compra y saben que te la entregaron...

Fred – ¿En serio?

Natacha – Debo irme de inmediato. Esas personas son muy peligrosas. Ellos también podrían hacerte daño.

Fred – ¿Hacerme daño? ¡Pero estamos en España, aquí! Estamos protegidos por la policía española...

Natacha – Los agentes secretos bielorrusos operan al margen de la ley, incluso en el extranjero. Su especialidad es el envenenamiento con sustancias radiactivas...

Fred – Espero que los tacos que comimos ayer no fueran radiactivos... Es cierto que el repartidor tenía una expresión extraña...

Natacha – Me voy a vestir y me voy...

Ella sale. Deja su chaqueta en el respaldo de una silla. Él rebusca en los bolsillos, encuentra unos papeles y los examina.

Fred – Julia... Actriz... Joder, lo que sospeché... Debe ser la amiga de Sam... El pequeño hijo de puta...

Vuelve a guardar los papeles en el bolsillo de la chaqueta y termina su café con aire pensativo. Vuelve Natacha, con aire trágico.

Natacha – Gracias Fred... Nunca olvidaré lo que hiciste por mí... Adiós...

Ella está a punto de salir. Él se pone de pie con aire decidido e interrumpe.

Fred – De ninguna manera, no te defraudaré.

Natacha – ¿Perdón?

Fred – ¡No conoces a nadie en este país! ¿Dónde dormirás?

Natacha – No te preocupes por mí... Haré como en ese programa del que me hablaste...

Fred – ¡Sí, estoy preocupado por ti! ¡Tú, eres una mujer! Y una mujer muy hermosa... No vas a seguir al primer extraño que te invita a dormir en su casa. ¡Es peligroso !

Natacha – Yo sé defenderme, ya sabes.

Fred – ¿Y qué vas a hacer para ganarte la vida?

Natacha – Soy modelo... Si tengo que hacerlo, sé cómo ganar dinero.

Fred – ¿Haciendo fotos de moda? Pero en España, no es tan fácil. Cuando no tienes relaciones...

Natacha – No pensaba en ese tipo de fotos...

Fred – De ninguna manera... Vas a quedarte aquí conmigo.

Su teléfono celular suena y coge la llamada.

Fred – Sí, Sam.

Sam (off) – *Hola, viejo, estoy aquí en tu vecindario. ¿Puedo subir a tomar un café?*

Fred – Lo siento, pero... no, no me va bien.

Sam (off) – *¡Otra vez! Terminaré sospechando... ¿Me juras que de verdad no hay chica en tu casa?*

Fred – Tengo que dejarte. Te lo explicaré... Te llamo luego...

Guarda su teléfono celular. Natacha se siente cada vez más incómoda.

Natacha – No quiero que te enojes con tu amigo por mi culpa...

Fred – Tengo que confesarte una cosa...

Natacha – ¿Ah sí...?

Fred – Hice una apuesta con este amigo de que no invitaría a ninguna chica conmigo hasta fin de año. Por eso no quería dejarte dormir aquí.

Natacha – ¿Una apuesta?

Fred – 3000 euros.

Natacha – Eso es mucho dinero...

Fred – Sí, pero no me importa... No te voy a echar. El día de Navidad, menos. Puedes quedarte aquí todo el tiempo que quieras.

Natacha – ¡Pero lo dijiste, al esconder a un indocumentado, podrías meterte en problemas con la policía española!

Fred – Durante la guerra, la gente escondió en su sótano a los combatiente de la República española. Puedo esconder en mi cama a una combatiente de la resistencia bielorrusa... ¡que también es una top model!

Natacha está visiblemente desconcertada.

Natacha – No sé qué decirte... Realmente eres un héroe...

Fred – Cualquiera en mi lugar haría lo mismo... Si te echaran y te pusieran de nuevo en las garras de la policía secreta bielorrusa... Nunca me lo perdonaré.

Natacha – Por supuesto, pero...

Fred – ¡No digas nada más! Te mantendré aquí hasta el año que viene. También pasaremos juntos la Nochevieja.

Natacha – ¿Año nuevo...? Pero... ¡Seguramente debes tener planes! ¡No quiero arruinarte la noche!

Fred – No tengo planes. Tenía planeado despertarme solo, para evitar tentaciones... Sobre esta apuesta, de la que te hablé...

Natacha – ¿Y vas a perder 3000 euros? Por mi culpa?

Fred – No insistas, está decidido. Te mantengo aquí y nadie te hará daño. No apartaré mis ojos de ti ni por un segundo...

Natacha – Pero oye... tienes que ir a trabajar, ¿no?

Fred – No te preocupes. Soy diseñador gráfico. Trabajo en casa.

Natacha – Tendré que irme algún día, de todos modos...

Fred – Por supuesto... Lo que necesitas son unos papeles. Déjame pensar... ¿Cómo puedes convertirte en Española, o al menos obtener un permiso de residencia?

Natacha – No lo sé...

Fred – Tendrías que hacer algo heroico, por ejemplo, como... salvar a un niño de ahogarse, o algo así.

Natacha – No vamos a arrojar a un niño en algún estanque solo para darme la oportunidad de hacer algo heroico.

Fred – No, tienes razón …

Natacha – Sobre todo porque nado muy mal... Te lo dije, no hay mar en Bielorrusia.

Fred – ¡Ya sé!

Natacha – ¿Qué?

Fred – ¡Podría adoptarte!

Natacha – ¿Adoptarme? ¿Como un perro, quieres decir?

Fred – ¡Como mi hija!

Natacha – ¡Tenemos la misma edad! Más o menos... Y además, ya tengo padres...

Fred – No sé... Debe haber una solución... Lo pensaré...

Natacha – Está bien...

Fred – Por cierto, ¿no te lo dije? ¡Estudié algo de ruso en la escuela secundaria!

Natacha – ¿De verdad...?

Fred – Sí, sí... Obviamente, en realidad no lo hablo pero... Solo unas pocas palabras. Además, fui a Moscú hace unos años, me había comprado un método para aprender ruso...

Natacha – ¿Ah sí...?

Fred está buscando en una caja.

Fred – No sé qué hice con él... Con la mudanza...

Natacha – No es necesario buscar...

Fred – ¡Ahí está! He tenido suerte...

Natacha – Oh sí...

Abre un método para aprender ruso o cualquier otra guía con algunas frases preparadas para viajar a Rusia.

Fred – Entonces... *(Leyendo una oración en la guía de fonética)* Panidielnik, ftornik, sreda, tchitvierk, piatnistsa, soubota, vaskrisenia...

Ella obviamente está avergonzada, no lo comprende.

Natacha – Lo siento, yo...

Fred – Seguro que es por mi acento. Espera, repetiré, aplicándome un poco más...

Natacha – Oh no, pero no soy rusa. El bielorruso es un idioma completamente diferente. Con los rusos, no nos entendemos en absoluto. Es por eso que a menudo tenemos conflictos con ellos...

Fred – Ya veo...

Natacha – ¿Y eso qué significa?

Fred – Eso significa... *(Mira el método o la guía de viaje)* Lunes, martes, miércoles, jueves, viernes, sábado, domingo. ¡Como los siete días de la semana que pasaremos juntos hasta el año que viene!

Natacha – De acuerdo...

Él le sonríe tontamente.

Negro.

Escena 5

La misma sala de estar. La caja del frigorífico y el árbol de Navidad ya no están. Natacha está sola y hojea el curso de ruso o la guía de viaje. Suena el timbre y abre. Ella regresa con Sam.

Sam – ¿No está él aquí?

Natacha – Se fue de compras, volverá pronto.

Sam – No me quedaré, si nos ve juntos se acabó. Y me gustaría disfrutar un poco más hasta el 1 de enero...

Natacha – Tenemos que acabar con esta broma, Sam. Llevo una semana atrapada ahí, en casa de tu mejor amigo, hablando con acento ruso...

Sam – Admite que lo estamos pasando bien, ¿no?

Natacha – Sí, bueno... ¡especialmente tú! Me las arreglé para alejarme de vez en cuando para los ensayos, pero te recuerdo que esta noche es el 31 de diciembre. ¡Tengo una obra que representar! Y tú también...

Sam – No te preocupes, la representarás. Pero de todos modos, ya perdió su apuesta, así que ¿por qué te quedas?

Natacha – No lo sé... Ya no sé cómo salir de esto, Sam... No quiero decepcionarlo, ¿entiendes...?

Sam – Uh, no... no estoy seguro de entenderlo. A menos que...

Natacha – ¿Qué?

Sam – A menos que realmente te hallas enamorado de él...

Natacha – Lo que tú digas... Vale, tienes que irte ahora, él puede volver a casa en cualquier momento...

Sam – Está bien, me voy...

Él sale. Ella vuelve a su método. Fred llega con bolsas de compras.

Fred – Me encontré con Sam en las escaleras... Hiciste bien al no abrirle la puerta.

Natacha – Hice lo que me dijiste... No se lo abro a nadie... ¿Pero no le pareció extraño que no lo dejaras entrar?

Fred – Parecía tener prisa... Esta noche es el estreno de su obra...

Natacha – Sí, lo sé.

Fred – ¿Y cómo lo sabes?

Natacha – Pues no, no lo sé... debiste habérmelo dicho...

Fred – Hice algunas compras para que los dos pudiéramos celebrar la Nochevieja... ¿Te gustan las ostras?

Natacha – ¿Las ostras?

Fred – ¿Tú tampoco sabes qué es? Ah, sí, es cierto, no tienes el mar en Bielorrusia...

Natacha – No...

Fred – No tenemos frigorífico pero... las voy a poner en el alféizar de la ventana hasta entonces. Con el frío que hace... Verás, las ostras son un poco especiales, pero están muy buenas...

Natacha – Gracias, eres muy amable. Pero para esta noche...

Fred – Ah... Has vuelto a perder tu acento bielorruso...

Natacha – Sí... Casi podrías pensar que soy española...

Fred – Eso está bien, porque tengo una propuesta para ti.

Natacha – ¿Una propuesta?

Fred – Siéntate...

Ella se sienta, algo preocupada.

Natacha – Te escucho...

Fred – He pensado en tu futuro...

Natacha – ¿Ah si...?

Fred – Hablas español perfectamente. Y eres modelo. ¿Que te parecería hacer teatro?

Natacha – ¿Teatro?

Fred – Tengo un amigo que es director y actor. ¿Quieres que te lo presente?

Natacha – No sé si... Pero no tengo papeles, nunca podré trabajar en España sin papeles...

Fred – Exactamente, he estado pensando en cómo conseguirte un permiso de residencia.

Natacha – Adopción...

Fred – La adopción es demasiado larga y complicada. Pero hay otra solución mucho más sencilla.

Natacha – ¿Cuál?

Fred – ¡Matrimonio!

Natacha – ¿Matrimonio? ¿Con quién ?

Fred – ¡Conmigo!

Natacha – ¿Contigo?

Fred – ¿No estás casada, verdad?

Natacha – No...

Fred – ¿Entonces podrías convertirte en mi esposa?

Natacha – ¿Estarías dispuesta a casarte conmigo, solo para permitirme tener papeles?

Fred – ¿Por qué no? Una boda de conveniencia.

Natacha – ¿Una boda de conveniencia?

Fred – Será tu regalo de Navidad...

Natacha – Eso es muy lindo, pero... no puedo aceptar.

Fred – ¿Y por qué?

Natacha – Porque...

Fred – No te preocupes, no pasará nada entre nosotros.

Natacha – ¿Nada en absoluto?

Fred – Una boda de conveniencia. ¿No sabes qué es una boda de conveniencia?

Natacha – Sí...

Parece muy perturbada y muy conmovida.

Fred – Ahora, si tú prefieres...

Ambos parecen dudar.

Natacha – Sí... A lo mejor... prefiero...

Se abrazan y se besan apasionadamente.

Negro.

Escena 6

Fred y Natacha vuelven del dormitorio. Ambos se sienten muy incómodos.

Natacha – Lo siento, no sé que me pasó...

Fred – No, ha sido culpa mía...

Natacha – Y entonces... ¿Va en serio lo de la boda?

Fred – Esta es la primera vez que me he acostado con una chica inmediatamente después de proponerle un matrimonio falso.

Natacha – ¿Y lo haces a menudo? Quiero decir... ¿es esa una técnica de coqueteo?

Fred – Debería, porque parece funcionar...

Natacha – Sí... Funcionó muy bien...

De pronto ella parece muy incómoda.

Fred – ¿Algún problema?

Natacha – Tengo algo que confesarte...

Fred – Creo que definitivamente perdiste el acento... Es una pena, me gustaba...

Natacha – Eso es exactamente de lo que quería hablarte...

Fred – Estoy escuchando.

Natacha – No es fácil de decir...

Fred – ¿Qué?

Natacha – No puedo quedarme contigo esta noche en Nochevieja.

Fred – ¿Y por qué es eso?

Natacha – Porque... estoy actuando en una pieza.

Fred – ¿Una pieza? ¿Qué pieza?

Natacha – La obra de Sam...

Pasa un tiempo en el que pretende comprender la verdad, que de hecho ya conoce.

Fred – Está bien... ¿Entonces tú...?

Natacha – Soy actriz. Fue Sam quien me pidió que hiciera esta comedia para ti... Pero yo todavía no sabía que... No te conocía, entiendes...

Finge estar ofendido.

Fred – Vosotros dos me estaban tomando el pelo... Así que fue un truco para extorsionarme... Y tú le has ayudado...

Natacha – Lo siento mucho. No pensé que...

Fred – ¿Y supongo que te pagó por eso?

Natacha – Se ofreció a compartir, eso es cierto... Pero claro, eso ya no es una posibilidad... Yo le diré que...

Fred – No puedo creerlo... ¿Aceptaste dinero para dormir conmigo?

Natacha – ¡Para nada! Eso no estaba en el programa. Solo tuve que dormir una noche en tu casa, eso es todo, ¡Para que él ganara su apuesta!

Fred – Estoy muy decepcionado, Natacha... Aunque imagino que tu nombre tampoco es Natacha. Creí en esta historia... En nuestra historia...

Natacha – Yo también, te lo puedo asegurar.

Fred – Lo siento, nunca podría volver a confiar en ti...

Natacha – Entiendo... Voy a terminar de prepararme y me voy... No me volverás a ver, no te preocupes...

Ella sale. Fred toma su teléfono celular y marca un número.

Fred – ¿Sam?

Sam – Me estás llamando para saborear tu triunfo, ¿verdad?

Fred – ¿En tu opinión?

Sam – Vale, has ganado tu apuesta... Te debo 3000 euros.

Fred – ¿Qué tal si nos olvidamos de esta estúpida apuesta?

Sam – ¿Es broma? El señor es demasiado generoso. Pero bueno, yo también tengo un regalito. Una foto tuya con la muñeca rusa que lleva una semana durmiendo en tu cama. Bueno, cuando hablamos de dormir...

Fred mira la selfie que Sam le acaba de enviar.

Fred – La perra...

Sam – ¿Entonces reconoces los hechos?

Fred – Sí...

Sam – ¡Así que eres tú quien me debe 3000 euros, hombre!

Fred – Y esa foto, ella te la envió, por supuesto.

Sam – Da igual como fuera. Para ganar una apuesta, todo es posible, ¿verdad?

Fred – No te canses, ella me lo contó todo...

Sam – ¿Ah, sí? ¿En la almohada, tal vez?

Fred – Pequeño bastardo...

Sam se ríe.

Sam – Está bien, lo admito, es amiga mía. Es la actriz que protagoniza mi obra.

Fred – Lo sé...

Sam – Vamos, Fred, no te lo tomes así. Sólo era una broma. No me debes nada, obviamente. Pero admito que fue divertido...

Fred – No, no, la apuesta sigue en pie. Me tendiste una trampa y caí. Y soy hombre de palabra.

Sam – ¿Estás seguro?

Fred – Después de todo... debería agradecerte por permitirme dormir con un bombón como ella.

Sam – Oh, ¿es que realmente pasasteis la noche juntos? Tienes más suerte que yo, porque... he estado coqueteando con ella durante seis meses sin resultado...

Fred – Me costó 3000 euros.

Sam – Espero que por ese precio, al menos, la vuelvas a ver, ¿no?

Fred – No lo sé...

Natacha se acerca al umbral y escucha la conversación, pero no aparece.

Sam – Vamos, Fred, te conozco... ¿De verdad eres más tonto de lo que pensaba, o lo entendiste bien desde el principio y te aprovechaste de la situación?

Fred – Está bien, lo admito... Yo también, me burlé un poco de ella. Por eso ahora me siento mal...

Sam – Francamente, Fred, era solo una broma... Nunca pensé que esta historia pudiera llegar tan lejos...

Fred – Está bien, tengo que dejarte... Ella se va ahora... Intentaré compensarlo.

Sam – Espero que haya sido un buen polvo... porque a ese precio.

Fred guarda su teléfono celular. Entra Natacha. Ella finge irse.

Natacha – Me voy...

Fred – Sam me acaba de enviar esto.

Natacha – ¿Qué?

Fred le muestra la pantalla de su teléfono celular.

Fred – La selfie que nos hicimos juntos la mañana de Navidad.

Natacha – Sí, se lo envié, así es. Pero eso fue hace una semana... Han pasado muchas cosas desde...

Fred – Sí...

Natacha – Lamento que esto termine así entre nosotros. Te pido perdón...

Ella hace ademán de irse.

Fred – Espera...

Natacha – Traicioné tu confianza, Fred... Eres un buen tipo... No te merezco...

Fred – No quiero que nos despidamos así...

Natacha – No, tienes razón... No se puede iniciar una relación con una mentira así. Sam me ha hablado mucho de ti... Sé que las chicas ya te han decepcionado mucho... Será mejor que me vaya ahora...

Ella se dirige a la puerta.

Fred – ¡Julia!

Natacha – ¿Cómo sabes que me llamo Julia?

Fred – No lo sé... Sam debió habérmelo dicho...

Natacha – ¿No será porque hurgaste en los bolsillos de mi chaqueta?

Fred – ¡Para nada!

Natacha – Espera, escuché el final de tu conversación antes. Vosotros me engañasteis...

Fred – Te aseguro que te equivocas.

Natacha – Lo sabías todo desde el principio. ¿Sam te lo dijo? ¿Lo cocinasteis todo juntos, y así fue como terminé en tu cama?

Fred – Sam no me dijo nada, lo descubrí por mi cuenta... Tienes que admitir que tu historia era un poco descabellada, ¿verdad?

Natacha – Desde luego, no soy tan buena actriz después de todo...

Fred – Al principio realmente lo creí...

Natacha – No lo hice por el dinero... Lo tomé como un desafío...

Fred – Y lo pasamos genial, ¿verdad?

Natacha – Sí, pero al final fuiste tú quien me manipuló.

Fred – Oye, tampoco necesitas invertir los papeles...

Natacha – Lo sabías y aprovechaste para seducirme y abusar de mí.

Fred – ¿Abusar de ti? Ahí exageras un poco, ¿verdad?

Parecen desconfiados el uno del otro, pero su atracción mutua es lo más fuerte.

Natacha – ¿No quieres abusar de mí un poco más?

Fred – Sí...

Se besan apasionadamente de nuevo.

Negro.

Escena 7

Fred está trabajando en su computadora portátil. Llega Natacha. Se besan.

Natacha – Feliz año nuevo mi amor.

Fred – ¡Feliz año nuevo, Julia! A menos que quieras que te siga llamando Natacha...

Natacha – Solo en determinadas circunstancias, así que...

Fred – Y usarás el acento ruso para susurrar obscenidades en mi oído...

Natacha – ¡El acento bielorruso! Es mucho más erótico...

Fred – En cualquier caso, enhorabuena por tu actuación en la sala anoche. Realmente eres una gran actriz, te lo aseguro.

Natacha – Gracias.

Fred – Cuidado frágil... Es curioso, por cierto... La trama de esta pequeña comedia me recordó extrañamente nuestra historia...

Natacha – Sí, creo que de hecho nuestra historia ya estaba escrita un poco antes. Por tu amigo Sam...

Fred – Ambos tenemos que escribir el final...

Natacha – Estoy lista para escribirlo contigo...

Fred – Como perdí mi apuesta de todos modos, puedes mudarte aquí, ya sabes...

Natacha – Está bien. ¿Pero crees que es lo suficientemente grande para los dos?

Fred – De lo contrario, nos mudaremos. Tengo un amigo que estará feliz de ayudarnos... Me debe eso...

Natacha – ¿Entonces no renunció a sus 3000 euros?

Fred – Soy yo quien quiere dárselos. Una apuesta es una apuesta.

Natacha – Tenía que darme la mitad. Te la doy a ti. Así que solo le debes 1500.

Fred – Sí...

Natacha – ¿Qué?

Fred – Tengo una idea para salvarlos, pero... no sé si estarías de acuerdo.

Natacha – Dime...

El timbre suena. Fred abre la puerta y regresa seguido por Sam.

Sam – Hola Julia...

Natacha – Hola...

Sam – Solo quería desearos un feliz año nuevo...

Fred – Y de paso recibir tu cheque.

Sam – Te repito que no quiero tu cheque.

Fred – Y yo te digo que una apuesta es una apuesta...

Sam – Solo tenemos que decir que esto es por todos los carteles que me hiciste gratis.

Fred – De ninguna manera. Lo considero una deuda de honor. Como en el póquer...

Saca su talonario de cheques, llena uno, lo rompe y se lo da a Sam.

Sam – Como quieras...

Mientras Sam se prepara para tomar el cheque, Fred cambia de opinión.

Fred – Pero espera un minuto, estoy pensando en algo...

Sam – ¿Qué?

Fred – ¿Te acuerdas de la cláusula suspensiva?

Sam – ¿Qué cláusula?

Fred – Perdería mi apuesta si una chica durmiera en mi casa antes de fin de año... a menos que me casara con ella.

Sam – ¿Y qué?

Fred habla con Natacha.

Fred – Para la boda de conveniencia, es demasiado tarde, pero... ¿estarías de acuerdo con una boda de blanco?

Ella lo besa con asentimiento.

Natacha – Si te puedes ahorrar 3000 euros...

Sam sonríe.

Fred – Lo siento, hombre, al final no recibirás tu cheque...

Sam – ¡Está bien! Pero luego quiero ser tu testigo.

Fred – ¿No es esa la idea que tenías en la cabeza cuando entregaste a mi casa esta muñeca rusa envuelta en cartón?

Sam – Quién sabe...

Fred – Oh sí, por cierto, todavía tengo otras malas noticias para ti.

Sam – ¿Qué?

Fred – Pues el apartamento va a ser demasiado pequeño para los dos, así que... tendré que mudarme.

Sam – Espero que esta sea la última vez... antes de que la familia crezca.

Natacha – Bueno, tal vez no vayamos demasiado rápido de todos modos...

Sam se ríe.

Sam – Traje una botella de champán para celebrar el Año Nuevo... y tu compromiso.

Fred – Con todo eso, todavía no tengo nevera para mantenerlo fresco, ¡tu champán!

Sam – No te preocupes. Está abajo en mi utilitario, tu nevera. ¡Incluso ha estado allí tres meses! Todo lo que tienes que hacer es enchufarla.

Fred – Gracias Sam... *(Se vuelve hacia Natacha)* Entonces, ¿de verdad quieres casarte conmigo?

Natacha – Tak.

Sam – ¿Tak?

Fred – Creo que eso significa sí en bielorruso.

Fred y Natacha se besan.

Sam – Me parece asombroso este encuentro, ¿no?

Fred – Si no hubieras tenido la idea de esa broma retorcida...

Natacha – Sí, bueno... No es solo...

Fred – ¿Qué más?

Natacha – Tengo una última cosa que decirte.

Fred – Me temo lo peor...

Natacha – Sam me mostró fotos tuyas y... te dio buena publicidad. Como el chico tan decepcionado con las mujeres que es capaz de retirarse a algún convento.

Sam – Bueno, si fuera un convento de monjas. Ten en cuenta que sería de su estilo. Para este pequeño vicioso, ir a retirarse a un convento para mujeres...

Fred – Ya veo... Decidiste aceptar el desafío...

Sam – Las mujeres siempre están motivadas por casos desesperados.

Natacha – Nunca hubiera aceptado hacer esto con nadie. Y estaba segura de que no lo creerías durante más de un cuarto de hora.

Fred – Está bien, yo también lo admito... no lo creí por más de cinco minutos.

Natacha – Así que ambos fingimos creerlo.

Fred – Cuando dos quieren creer en una mentira, ya es la verdad, ¿no?

Natacha – Sí, esa es una buena definición del amor.

Se besan.

Negro.

Fin.

Abril de 2021

www.ingramcontent.com/pod-product-compliance
Lightning Source LLC
La Vergne TN
LVHW010123170826
845678LV00012B/2560

9782377055319